Gebumst!

Impressum

© 2023 Gina Weiß

Druck und Distribution im Auftrag der Autorin:

tredition GmbH, Heinz-Beusen-Stieg 5, 22926 Ahrensburg, Deutschland

tredition GmbH, Abteilung "Impressumservice", Heinz-Beusen-Stieg 5, 22926 Ahrensburg, Deutschland.

Vorwort:

Sehr verehrte Leser,

vielen Dank für den Erwerb meines Buches.

"Gebumst!" ist eine erotische Kurzgeschichte.
Britta und ihr Mann fliegen nach Tunesien in
den Urlaub. Schnell gewinnt die hübsche Frau
die Herzen vieler Hotelgäste und Angestellten.
Doch nicht nur ihre Herzen, sondern auch ihre
Schwänze.....

Doch nun zu meiner eigentlichen Person. Mein Name ist Gina Weiß. Ich wurde 1992 in Schweinfurt geboren. Seit meiner Kindheit habe ich Geschichten aller Art geschrieben. Je älter ich wurde, desto stärker wurde mein Wunsch, erotische Geschichten zu schreiben. Und das tue ich jetzt.

Ich halte mich an keine festen Konventionen. Keine starren Ideen oder allgemeine Sichtweisen. Manchmal schreibe ich aus der Sicht einer Frau, manchmal aus der Sicht eines Mannes. Weil meine Geschichten für beide Geschlechter gemacht sind.

Ich hoffe, meine Leser mit meinen "Werken"

glücklich zu machen. Und zu erotischen

Handlungen zu inspirieren. Die nachfolgende

Geschichte ist zum Teil frei erfunden. Doch ein

großer Teil basiert auf meinem eigenen Leben.

Deine Gina

Gebumst!

Meine Frau Britta und ich sind seit 3 Jahren verheiratet und hatten uns schon lange auf den Urlaub in Tunesien gefreut. Wir flogen zusammen mit ihrer besten Freundin Bettina und deren Freund Jens. Ich freute mich schon auf eine Besichtigungsfahrt zu den Ruinen des alten Karthagos. Britta interessierte sich nicht für alte Kulturen oder Geschichte. Ich würde sie also ruhigen Gewissens in der Gesellschaft von Bettina zurücklassen.

Die ersten Tage vergingen und ich bemerkte, dass einige der Hotelangestellten meine Britta mit vielsagenden Blicken bedachten. Es war ihnen nicht zu verdenken. Britta ist äußerst attraktiv. Sie ist ca. 1,65 m groß und hat eine sportliche Figur. Dazu schöne, leicht spitze, Brüste (B-Körbchen). Sie hat braunes, schulterlanges Haar und dunkle Reh-Augen. Sie gab im Bikini wirklich eine gute Figur ab. Dazu trug sie Korkpantoletten mit kleinem Plateau und verdammt hohen Keilabsätzen.

Britta bemerkte die Blicke der Angestellten auch, schien, wie ich zu meiner leichten Verärgerung feststellen musste, daran ein wenig Gefallen zu finden. Als ich darauf ansprach, meinte sie neckisch: "Du wirst doch wohl nicht eifersüchtig sein, oder?", und gab mir einen Kuss. Ich war wirklich ein wenig eifersüchtig, denn Britta übertrieb es ab und zu mal und machte den Interessenten, wie ich fand, ein wenig zu viel Hoffnung.

Ihr offenes Verhalten änderte sich auch die nächsten Tage nicht. Ich hatte mittlerweile schon den einen oder anderen Flirt, mit dem einen oder anderen Angestellten, mitbekommen und das schmeckte mir nicht. Doch meine Frau schien das nicht zu stören. Im Gegenteil. Ein paar Mal war sie auf einmal weg und ich fand sie dann später an der Poolbar im Gespräch mit einem oder mehreren Kellnern.

Endlich war der Tag gekommen, an dem ich auf meine Tour wollte. Britta wollte, wie sie mir sagte mit Bettina und Jens an den Strand. Nach dem wir gefrühstückt hatten setzten wir uns noch ein wenig an die Poolbar in den Schatten, um der Sonne kurz zu entkommen. Bettina klagte: "Puh, ist das eine Hitze." Dann gingen sie und Jens erst mal auf ihr Zimmer. Britta und ich taten es ihnen gleich.

Um die Mittagszeit, ich verfluchte die Reiseleitung für diese schlechte Zeitwahl, verabschiedete ich mich von meiner Frau und machte mich auf den Weg zum Treffpunkt. Ich ging vom Grundstück des Hotels und nach einigen Minuten war ich an dem Reisebüro angekommen. Hier warteten noch andere Gäste, die ich teilweise vom Sehen kannte. Ich nickte einem älteren Mann zu, den wir mit seiner Frau schon oft im Restaurant gesehen hatten. "Na, haben Sie Ihre Frau auch im Hotel gelassen?", fragte er. Ich bejahte und wir begannen ein Gespräch. Wir standen bestimmt schon eine halbe Stunde in der Mittagshitze, da kam einer der Reiseleiter, mit zerknirschtem Gesicht, auf unsere Gruppe zu und teilte uns mit, dass der Bus scheinbar einen Motorschaden habe und heute nicht mehr repariert werden könne.

Selbstverständlich würde der Ausflug nachgeholt. Vielleicht schon am nächsten Tag. Ein wenig enttäuscht gingen wir langsam zurück zum Hotel. Plötzlich sah ich, dass mir Bettina und Jens entgegenkamen. Ich fragte sie, wo Britta wäre. Ob sie nicht zusammen an den Strand wollten. Bettina erwiderte verdutzt: "Nein, ich dachte sie wollte mit Dir auf deine Tour gehen!" Verwirrt ging ich weiter in Richtung Hotel.

Als ich gerade in den kühlen Gang, in dem unser Zimmer lag, abbog, sah ich Britta gerade, am anderen Ende des Ganges, um eine Ecke verschwinden. Zu meiner Verwunderung trug sie ihr trägerloses schwarzes Minikleid, ihre schwarzen Pumps mit ziemlich hohen Absätzen und dazu noch dunkle Nylonstrümpfe. Ich beschleunigte meinen Gang und folgte ihr. Sie stöckelte einen weiteren Gang entlang und verschwand dann in einem kleinen Treppenhaus, das wohl normalerweise von Angestellten genutzt wurde. Ich folgte ihr mehrere Etagen nach unten, bis wir, wie ich vermutete im Keller angekommen waren.

Der Boden war hier nur noch Beton-Grau, die Wände schlicht weiß. Britta bog um eine weitere Ecke und verschwand ein Stück weiter hinter einer grünen Metalltür, die schwer ins

Schloss fiel. Dahinter war leise, ziemlich

Bassbetonte, elektronische Musik zu hören. Mein

Herz schlug mir bis zum Hals. Was wollte meine

Frau hier? Wieso hatte sie mich angeschwindelt

und behauptet sie wäre mit ihrer Freundin

zusammen?

Ich wartete einen Moment, ging zur Tür, hielt

mein Ohr daran und lauschte. Doch ich konnte

nichts hören, außer der leisen Musik. Schließlich

öffnete ich die Tür und... stand vor einer

weiteren Kreuzung. Wieso kannte sich Britta in

diesem Labyrinth so gut aus? War sie in den

letzten Tagen schon einmal hier gewesen? Ich

hatte sie ja, trotz meiner leichten nicht

kontrolliert. Ich fröstelte leicht, da ich ja an die Hitze draußen gewöhnt war. Nach rechts, links und geradeaus gingen Gänge mit dutzenden von Türen ab.

Die Gänge waren nur spärlich beleuchtet. Ich versuchte auszumachen von wo die Musik kam. Ich kurzem abschätzen entschied ich mich geradeaus zu gehen. Doch es hallte stark dort unten und dauerte einige Minuten bis ich merkte, dass die Musik leiser wurde. Ich fluchte leise und drehte um. Zurück an der Kreuzung entschied ich mich für den, aus meiner Sicht, linken Gang, an dessen Ende einige Lampen scheinbar kaputt waren. Tatsächlich wurde die

Musik lauter. Ich sah mir die Türen etwas genauer an. Es waren scheinbar Lagerräume.

Auf der rechten Seite war eine offene Tür, dahinter lagen stapelweise eingeschweißte Matratzen. Schließlich war ich am Ende des Ganges angekommen, hier war es dunkel und auf der linken Seite war nur noch eine Tür. Die Musik kam aus dem Raum dahinter. Ich versuchte zu lauschen und ich glaubte, kurz eine Frauenstimme gehört zu haben.

Nach kurzem Überlegen beschloss ich, die Tür zu öffnen. Ich öffnete sie erst nur einen Spalt. Die Musik wurde schlagartig lauter. Vorsichtig öffnete ich die Tür weiter. In meiner direkten

Umgebung war es dunkel. Doch konnte ich

rechts von mir Licht erkennen. Die Sicht wurde

mir durch mehrere, hintereinanderstehende

Regale versperrt. Ich ging das Regal zu meiner

rechten entlang, bog in den Mittelgang ein

und näherte mich der erleuchteten Stellen. Kurz

vor Beginn des Lichtkegels bog ich nach rechts

ab, hinter das letzte Regal. Ich hörte jetzt

wieder eine Frauenstimme.

Sie schrie laut: "Uuhhhh Yeaaaahhh, fuck my

ass !!!" Ich schob vorsichtig einige Kisten zur

Seite, um etwas sehen zu können. Was ich

dann sah, hätte eine Szene aus einem Porno

sein können. Auf einer, auf dem Boden

liegenden Matratze, kauerte eine Rothaarige

auf allen Vieren und hatte den dicken

dunkelhäutigen Schwanz eines

Hotelangestellten im Arsch und den eines

Anderen zwischen ihren Lippen. Von ihr kam

auch der Aufschrei, den ich kurz zu vor gehört

hatte. Ich hatte sie und ihren Mann schon

einige Male auf der Hotelanlage gesehen und

mitbekommen, dass sie Caitlin hieß und dass sie

und ihr Mann Briten waren. Ich sah sie mir etwas

genauer an.

Caitlin war ziemlich elegant gekleidet. Sie trug

eine rote Satin-Bluse und einen dunklen,

mittlerweile hochgeschobenen, Lederrock.

Dazu trug sie Strapse, dunkle Strümpfe und

hochhackige Pumps. Die Pumps waren knallrot,

hatten ein kleines Plateau und mindesten 10

cm hohe Absätze). Um den Hals trug sie eine

lange Perlenkette, die bei jedem Stoß ihres

Stechers hin und her schwang.

Sie hatte eine üppige Figur. Ihre riesigen Brüste,

von Bluse und BH befreit, schaukelten heftig hin

und her. Doch ich bemerkte, dass sich

außerhalb meines Blickfeldes noch andere

Personen befanden. Vorsichtig schob ich die

Kisten im Regal noch ein Stück weiter

auseinander und veränderte meine Position ein

wenig. Ich konnte kaum glauben was sah. Auf einer kleinen Couch hockte meine Frau Britta auf allen Vieren, den übergroßen dunklen Schwanz eines Angestellten im Mund, während ein Anderer, ihren Hintern knetete und ihre Spalte leckte. Ihr Kleid hing ihr auf der Hüfte.

Unterwäsche trug sie keine. Der Kerl, dessen Schwanz sie blies, hatte eine Hand auf ihren Hinterkopf gelegt und bestimmte die Geschwindigkeit. Die andere Hand hatte er an ihren Brüsten und spielte mit ihren harten Nippeln. Britta hatte offensichtlich mühe damit, mehr als die Eichel in den Mund zubekommen. Der Kerl hatte, von allen die sich dort mit den

Frauen vergnügten, den größten Schwanz. Ich schätzte ihn auf über 20 cm. Ich konnte einfach nicht glauben, was ich da sah.

Meine Frau trieb es mit fremden Männern. Neben meiner Entrüstung bemerkte ich allerdings, dass sich mein kleiner Freund zu regen begann. Ein lauter Aufschrei riss mich aus meinen Gedanken: "Jaaaa, fick mich!!!", schrie meine Britta. Sie hockte mittlerweile über dem Kerl auf der Couch und hatte bereits seine dicke Eichel zwischen ihren Schamlippen. Sie wandte ihm den Rücken zu und stützte sich auf seiner Brust ab. Langsam ließ sie sich auf ihm nieder. Sie schrie erneut: "Ohhh! Jaaaaa... ist der groß!!!", und warf dabei den Kopf in den

Nacken.

Der andere Mann stellte sich, auf die Couch,

neben sie und bot ihr seinen Schwanz an.

Dankbar umschloss sie ihn, ohne zu zögern, mit

ihren Lippen. Sie begann den Riesenprügel des

Ersten wild zu reiten. Sie entließ den anderen

Schwanz kurz aus ihrem Mund um zu schreien:

"Ooohhh... jaaahhhh... ooohhhh ist das geil... so

ein dicker geiler Schwanz... so geil bin ich noch

nie gefickt worden !!!"

Das hatte gesessen. Dann nahm sie die Latte

vor ihrem Gesicht wieder in den Mund. Mein

Pimmel war mittlerweile steinhart und ich litt in meiner Hose unter akutem Platzmangel. Aus Caitlins Richtung hörte ich das Aufstöhnen von einem ihrer Stecher. Er hielt seinen Schwanz vor ihr Gesicht und wichste angestrengt. Sie öffnete weit den Mund und streckte die Zunge heraus. Lange musste sie nicht warten. Er spritzte ihr eine riesige Ladung seines Spermas in den Mund.

Genüsslich schluckte sie den Saft. Sie stand auf, zog sich den Rock herunter, verstaute ihre Brüste wieder in ihrem BH und knöpfte die Bluse zu. "Sorry Guys, I must leave now. My husband is waiting!" Zu meiner Frau rief sie im Vorbeigehen:

"Keep having fun!" Doch die schien nichts außer den Schwänzen in Mund und Fotze wahr zu nehmen.

Dann verschwand Caitlin im Dunkeln. Der Kerl, der schon abgespritzt hatte, zog sich ebenfalls aus dem Raum zurück. Der Übriggebliebene war inzwischen zu Britta gegangen und bot ihr ebenfalls seinen Schwanz zum blasen an, sodass sie immer abwechselnd einen Schwanz zu ihrer Linken und zu ihrer Rechten zu blasen hatte. Auf dem dritten ritt sie, als hinge ihr Leben davon ab. Jedes mal, wenn sie auf dem dicken Prügel niederging, stöhnte sie genüsslich auf. Sie war total im Sex-Rausch.

Dann wechselten sie die Stellung. Britta wurde von dem Schwanz heruntergezogen und es setzte sich ein Anderer auf die Couch. Dieses Mal setzte sie sich in Reiterstellung auf den Schwanz. Kaum war der Prügel in ihr verschwunden, hielt ihr ein Anderer begierig seinen Schwanz vor den Mund. Sie kümmerte sich sofort um seine Latte und bearbeitete ihn mit Händen und ihrem Mund. Der, auf dem sie vorher geritten war, ging in eine Ecke des Raumes. Während meine Britta und seine Kollegen schon wieder voll in Fahrt waren, nahm er ein kleines Fläschchen und ging damit zurück.

Wieder bei Britta angekommen, zögerte er nicht lange, verspritzte etwas vom Inhalt des Fläschchens über ihrem Hintertürchen und begann, es an ihrer Rosette zu verteilen. Britta ließ seine Finger, was ich verwundert bemerkte, ungehindert eindringen. Sie stöhnte die ganze Zeit voller Ekstase. Nachdem er mit der Vorbereitung zufrieden war, fragte er Britta in akzentbehaftetem Englisch: "Are you ready for my big cock in your ass?"

Britta schaute über ihre Schulter zu ihm zurück. Sie biss sich auf die Unterlippe und nickte. Ihr Stecher zögerte nicht lange und zog sich schnell ein Kondom über, das er plötzlich irgendwo herhatte. Dann setzte er seine dicke Eichel an ihre Rosette. Dass war zu viel für mich. Ich träumte schon lange davon sie mal so zu nehmen. Und nun musste ich dabei zusehen, wie ein anderer sie so fickt.

Ganz langsam drang er, Stück für Stück, in sie ein. Britta stöhnte laut auf. "oohhhh jaaaahhh... geil...! Fick meinen Arsch!!! Fast sein ganzer Riesenschwanz steckte im Arsch meiner Frau, als er langsam anfing zu stoßen. Es dauerte nicht lange, bis Britta unter Lauten Aufstöhnen kam. Ich sah wie die Wellen des Orgasmus durch ihren Körper liefen. Immer wieder schüttelte sie sich vor Geilheit. Der Kerl, dessen Schwanz meine Frau lutschte, hielt es nun nicht mehr aus. Unter lautem Stöhnen hielt er ihren Kopf fest und schoss sein Sperma in mehreren Schüben in ihren Mund. Britta musste alles schlucken, da ihr Kopf fest auf seinen Schwanz gepresst wurde.

Sie musste würgen, schluckte aber alles runter. Er ließ sich noch schön seinen Schwanz von Britta sauber lecken und verschwand dann ebenfalls. Zu den beiden Anderen sagte sie unter ächzen: "Na los, ich will euer Sperma haben!! Spritzt mich voll!!" Das ließen sich die beiden nicht zweimal sagen. Sie zogen sich aus

Brittas Löchern zurück und sie kniete sich auf den Boden. Der Arschficker zog das benutzte Kondom von seinem Riesenprügel und hielt ihn Britta, wie sein Kollege, vor die Nase.

Die machte sich gleich daran, abwechselnd an den beiden Latten zu saugen wie ein Staubsauger. Der Eine fing schon bald an schwer zu atmen und zu stöhnen, während sein Kollege mit dem Riesenschwanz eine beachtliche Ausdauer an den Tag legte und sich noch nichts anmerken ließ. Dann war es soweit der Erste kam zum Orgasmus und spritzte seine ganze Ladung in mehreren Schüben in Brittas Gesicht.

Nach dem sauber lutschen seines Penis zog er sich zurück und verschwand kurz darauf. Britta wischte sich etwas von dem Sperma vom Gesicht und leckte es gierig von ihren Fingern. Dann kümmerte sie sich um den Riesenprügel vor sich. Nun, ohne Ablenkung, konnte sie sich ihm vollkommen widmen. Inbrünstig saugte sie an seiner Eichel, während ihre beiden Hände unermüdlich seinen Schaft rieben. Er legte seine Hände auf ihren Hinterkopf und drückte seinen dicken Schwanz weiter in ihren Rachen.

Sie musste kurz würgen, hatte sich aber erstaunlich schnell wieder im Griff. Dann begann er regelrecht sie in den Mund zu ficken.

Ich konnte sehen wie sie, ob dieses Kehlenficks

die Augen verdrehte. Nach kurzer Zeit dieser

"Behandlung" fing der Kerl an zu laut stöhnen. Er

entzog ihr seinen Schwanz und drückte ihren

Kopf nach unten, so dass Britta Gesicht, weit

auf gerissenem Mund, genau unter seiner

Eichel war. Während er wild seinen Pimmel rieb,

wartete Britta sehnsüchtig auf sein Sperma. Und

dann kam es. Unter lautem Aufschreien fing er

an zu spritzen.

Die ersten Schübe trafen genau in Brittas Mund.

Sie schluckte und schluckte, kam aber gegen

die Spermaflut nicht an. Der ganze Saft lief ihr

aus dem Mund. Und es gingen immer noch mehr Schübe auf ihr Gesicht nieder. Ich starrte wie gebannt auf die Szene. Endlich war der Strom abgeebbt und Brittas Stecher ließ sich vollkommen fertig auf das Sofa fallen, während sie genüsslich das Sperma auf ihrem Körper verteilte und verrieb. "Oahhh, geil!", stöhnte meine vollgespritzte Britta.

Dies war jetzt die Gelegenheit, um unbemerkt zu verschwinden. Ich ergriff sie und huschte aus dem Raum und durch den Kellerflur ins Treppenhaus. Mein kleiner Freund hatte sich wieder etwas beruhigt. Statt in unser Zimmer, entschloss ich mich nach Draußen zu gehen.

Sonne und Hitze empfingen mich als durch die Tür schritt. Was sollte ich als nächstes tun? Sollte ich Britta auf das Gesehene ansprechen?

Ich musste nachdenken! Die erste Entscheidung, die ich traf war, erstmal etwas Hochprozentiges trinken zu gehen.

Zeitfracht Medien GmbH
Ferdinand-Jühlke-Straße 7
99095 Erfurt, Deutschland
produktsicherheit@kolibri360.de